獻給麥可和露西 (Michael and Lucy)

國家圖書館出版品預行編目(CIP)資料

最長的暴風雨 / 丹·雅卡理諾文；張淑瓊譯. -- 第一版. --
臺北市：親子天下股份有限公司, 2023.09
46面；20.3x25.4公分. --（繪本；340）
國語注音
譯自：The longest storm
ISBN 978-626-305-549-0(精裝)

1.SHTB：圖畫故事書--3-6歲幼兒讀物

874.599   112011931

繪本 0340

最長的暴風雨

文圖｜丹·雅卡理諾　翻譯｜張淑瓊　責任編輯｜謝宗穎　美術設計｜林子晴　行銷企劃｜張家綺

天下雜誌群創辦人｜殷允芃　董事長兼執行長｜何琦瑜
媒體暨產品事業群
總經理｜游玉雪　副總經理｜林彥傑　總編輯｜林欣靜　行銷總監｜林育菁　資深主編｜蔡忠琦　版權主任｜何晨瑋、黃微真

出版者｜親子天下股份有限公司　地址｜台北市 104 建國北路一段 96 號 4 樓　電話｜（02）2509-2800　傳真｜（02）2509-2462　網址｜www.parenting.com.tw
讀者服務專線｜（02）2662-0332　週一～週五：09:00~17:30　傳真｜（02）2662-6048　客服信箱｜parenting@cw.com.tw
法律顧問｜台英國際商務法律事務所·羅明通律師　製版印刷｜中原造像股份有限公司　總經銷｜大和圖書有限公司　電話：（02）8990-2588

出版日期｜2023 年 9 月第一版第一次印行　定價｜360 元　書號｜BKKP0340P　ISBN｜978-626-305-549-0（精裝）

訂購服務
親子天下 Shopping｜shopping.parenting.com.tw
海外·大量訂購｜parenting@cw.com.tw
書香花園｜台北市建國北路二段 6 巷 11 號　電話（02）2506-1635
劃撥帳號｜50331356　親子天下股份有限公司

立即購買 >

最長的暴風雨

文圖 丹·雅卡理諾　　翻譯 張淑瓊

一一場暴風雨
侵襲了我們的小鎮。
這個暴風雨
和我們以前遇過的
不太一樣。

沒有人知道這會持續多久。
我們全都必須躲進房子裡面，也許得躲上好一陣子。

我ㄨㄛˇ們ㄇㄣˊ能ㄋㄥˊ做ㄗㄨㄛˋ的ㄉㄜ˙事ㄕˋ情ㄑㄧㄥˊ不ㄅㄨˋ多ㄉㄨㄛ，
可ㄎㄜˇ是ㄕˋ時ㄕˊ間ㄐㄧㄢ卻ㄑㄩㄝˋ很ㄏㄣˇ多ㄉㄨㄛ。

像這樣一家人整天窩在一起，真讓人不習慣。

沒多久，就從不習慣，

變成不好玩，

然後變得
很糟糕！

而且，就在情況看起來不可能變得更糟的時候……

我ㄨㄛˇ們ㄇㄣ˙再ㄗㄞˋ也ㄧㄝˇ受ㄕㄡˋ不ㄅㄨˋ了ㄌㄧㄠˇ了ㄌㄜ˙。

你覺得家人之間有可能無話可說嗎？

大家都不想理別人，只想自己一個人。

這樣至少我們就不會一直在生氣。

不過，那天晚上，我們聽到

遠方傳來轟隆隆的響聲。

巨大的閃電劃破天際。

整棟房子都在震動。

然後，一片漆黑。

我ㄨㄛˇ們ㄇㄣˊ互ㄏㄨˋ相ㄒㄧㄤ說ㄕㄨㄛ：「對ㄉㄨㄟˋ不ㄅㄨˋ起ㄑㄧˇ。」

到了早上，氣氛變得不太一樣。

不過，這跟暴風雨沒有關係，
暴風雨還在，還沒離開。

也不是因為不用再關在屋子裡，
我們還是得待在屋子裡。

說不上來是什麼改變了。

還是有人會生氣。

只是不會再生那麼久的氣了。

狀況一天比一天好。

直到，一切變得非常好。

暴ㄅㄠˋ風ㄈㄥ雨ㄩˇ離ㄌㄧˊ開ㄎㄞ的ㄉㄜ那ㄋㄚˋ一ㄧ天ㄊㄧㄢ，
天ㄊㄧㄢ氣ㄑㄧˋ超ㄔㄠ乎ㄏㄨ想ㄒㄧㄤˇ像ㄒㄧㄤˋ的ㄉㄜ好ㄏㄠˇ！

我們走出屋外。

有好多事情等著我們去做呢！